ERNEST D'HERVILLY

MALADE RÉEL

A-PROPOS EN UN ACTE, EN VERS

Représenté sur le théâtre national de l'Odéon, le 15 janvier 1874

pour

LE 252ᵉ ANNIVERSAIRE DE LA NAISSANCE DE MOLIÈRE

PRIX : UN FRANC

PARIS

ALPHONSE LEMERRE, ÉDITEUR

27-29, PASSAGE CHOISEUL, 27-29

M DCCC LXXIV

ERNEST D'HERVILLY

LE

MALADE RÉEL

A-PROPOS EN UN ACTE, EN VERS

Représenté sur le théâtre national de l'Odéon, le 15 janvier 1874

pour

LE 252ᵉ ANNIVERSAIRE DE LA NAISSANCE DE MOLIÈRE

PARIS

ALPHONSE LEMERRE, ÉDITEUR

27-29, PASSAGE CHOISEUL, 27-29

M DCCC LXXIV

SGANARELLE, l'habit traditionnel, jaune et
vert, avec fraise, du *Médecin malgré lui*. Che-
veux blancs . . . . M. CLERH.

TOINETTE. Costume moderne . . . . Mlle C. COLAS.

UN MÉDECIN DU TEMPS DE MO-
LIÈRE . . . . M. FRÉVILLE.

UN MÉDECIN DU TEMPS DE LOUIS XV. M. AMAURY.

UN CHIRURGIEN DE L'ARMÉE D'É-
GYPTE . . . . M. GEORGES RICHARD.

UN AIDE-MAJOR DE MARINE (sous
Louis-Philippe) . . . . M. FRANÇOIS.

UN MÉDECIN DE NOS JOURS. . . . M. TOUSÉ.

Apothicaires, matassins, en habits du temps de Molière,
la seringue sur l'épaule.

LE MALADE RÉEL

Un bois.
A droite, une maison devant laquelle deux domestiques apportent et disposent
un fauteuil de malade. Toinette dirige l'opération.

SCÈNE PREMIÈRE.

TOINETTE, aux domestiques.

Allez. — Ne revenez que s'il pleut ou s'il vente...
Les domestiques se retirent.
On me nomme Toinette, et je suis la servante
De monsieur Sganarelle, — un vieillard aujourd'hui !...
Dame, il fut, m'a-t-on dit, médecin... malgré lui...
Sous Louis quatorze ! — Or, vous voyez d'ici l'âge
Qu'a maintenant Monsieur, l'honneur de ce village !...
Un jour, veuf, il revint, pris de noirs vertigos
Au bois qui fut témoin de ses premiers fagots,
Et... (mère-grand alors était toute jeunette...)
Bref, nous l'avons soigné, de Toinette en Toinette,
Jusqu'à présent : voilà l'austère vérité.
Hochant la tête.
Monsieur va mal ; il a le moral affecté.
Le coffre est bon, oui, mais ce n'est plus Sganarelle

Trouvant dans un flacon l'oubli d'une querelle,
Et puis chantant! non, non. — Le vieil esprit gaulois
De Monsieur a perdu sa santé d'autrefois;
On dirait à le voir pâle, parlant à peine,
Qu'on rencontre Hippolyte aux portes de Trézène.
On n'entend plus chez nous son franc rire ébranler
Les vitres, et parfois les casser! — Pour parler
Aux gens de ce temps-ci, Monsieur met des mitaines;
Sa langue ne court plus les grasses pretentaines
De jadis. — Ah! Monsieur décline, c'est certain;
Il ne dit plus cocu, maintenant, qu'en latin!
Il gaze; il est discret; c'est poliment qu'il grogne;
Il ne m'appelle plus, comme au bon temps, Carogne!
Hélas! — Enfin sa verve, il la jette à vau-l'eau.
Oui, ne jure-t-il pas, par un nommé... Boileau
Qu' « *il ne reconnaît point l'auteur du Misanthrope*
Dans le sac ridicule où Scapin s'enveloppe! »
Oui, messieurs, il l'a dit, ce mot triste, hier soir,
Du ton d'un homme grave armé d'un habit noir!

Sganarelle tousse.

Mais je l'entends...

SGANARELLE, de l'intérieur de la maison.

Toinette!

TOINETTE.

Eh bien, monsieur?

SGANARELLE.

Toinette!

Il sort de sa maison.

SCÈNE II.

TOINETTE, SGANARELLE.

SGANARELLE.

Toinette! — Vengeons-nous! — Va faire table nette
Dans mon cabinet! Prends les volumes brochés

Que tu verras, là-bas, pêle-mêle couchés,
Et flanque-les-moi tous!...

TOINETTE.

Où ça?

SGANARELLE.

Par la fenêtre?

TOINETTE.

Avec joie! et j'y cours! — Monsieur va donc renaître!

*Sganarelle retient Toinette par sa robe, au moment où elle se
dispose à exécuter ses ordres avec un empressement facile à
concevoir.*

Quoi! serait-ce un remords?

SGANARELLE.

Tu les jetteras tous

Sans les lire!

TOINETTE.

Jarni! Pour qui me prenez-vous?

SGANARELLE, *même jeu que plus haut.*

Attends.

Il s'assied.

Ouf! — Prends d'abord les pièces de théâtre
Parmi tous ces bouquins...

TOINETTE.

Oui, monsieur.

SGANARELLE.

Et sur l'âtre

De ta cuisine, empile, empile-les, corbleu!

TOINETTE.

Ah! jamais la Saint-Jean n'aura vu plus beau feu!

SGANARELLE, *même jeu que tout à l'heure.*

Toinon! je suis bien bas, ce matin. — On me tue!

Avec désespoir.

Ils veulent, ces auteurs, qu'un mari s'habitue
A prendre un revolver, et même un chassepot,
Pour punir sa moitié, quand il est fait... capot!

TOINETTE, *scandalisée.*

Voilà d'étranges gens! L'abominable mode!

SGANARELLE.

Tu l'as dit!

TOINETTE.

Peut-on être à ce point peu commode!

SGANARELLE.

Ah! je suis bien malade, et mes noires humeurs
Me viennent de ces gens, et c'est d'eux que je meurs;
Oui, je m'en vais d'avoir trop vu de comédies
Modernes. — J'éteindrais plus de vingt incendies
Avec les pleurs qu'on verse en ces actes joyeux...

TOINETTE.

Ah! les gaîtés du siècle ont tari bien des yeux!...

SGANARELLE.

Voilà plus de cent ans que je n'ai ri, Toinette,
Du rire qu'en ce coin de la vieille planète,
En France, on entendit au temps de Rabelais!
Ah! quels vins frelatés ont brûlé mon palais
Depuis Molière, — hormis aux heures romantiques :
Alors on m'a versé des grands crus authentiques
Sains et chauds! — Mais ce temps n'est plus. D'autres auteurs
Sont venus : — O piquette! ô pauvres spectateurs!
Hélas! et je languis et je ne sais plus mordre.
L'école du Bon-sens a mis tout en bel ordre,
Et je me suis soumis, et j'ai perdu mes dents.
J'imite de Conrart les silences prudents.
Sganarelle à présent, afin d'oublier l'heure
Trop lente à s'écouler, au seuil de sa demeure
S'assied, ma bonne, et vient, muet et soucieux,
S'enivrer du soleil, ce grand rire des cieux.
Ainsi fais-je, ainsi font tous ceux de ma famille.
Un malade réel, c'est moi, ma pauvre fille.
Rien ne peut me guérir. J'ai perdu tout espoir,
Et je suis un vieillard qui voit venir le soir.
Où sont, ô Tabarin! nos superbes années?

Las ! dans l'herbier du temps, elles sèchent fanées !
A la foule.
A moi ! sauve-moi donc, monde contemporain !
L'esprit gaulois se meurt ! — du gros sel ! — de l'entrain !
Un peu de la folie en ma jeunesse éparse !
Voyons, du diable-au-corps ! du bouffon ! — une farce !

TOINETTE, *sentencieuse.*

Le diable s'est fait vieux, — changement de décors,
Monsieur, et nous n'avons, nous, que l'ermite-au-corps.

SGANARELLE

Toinette !

TOINETTE

Bien, monsieur. Je prends un ton plus grave.
Donc, vous êtes malade, et vous faites le brave...
Voyons... pourquoi ne pas tâter... du médecin ?...

SGANARELLE. *Il n'en peut croire ses oreilles.*

Tu dis ?...

TOINETTE

Du médecin...

SGANARELLE

Tu dis ?...

TOINETTE

Un...

SGANARELLE, *bondissant.*

Assassin !

Mais tu ne sais donc pas !... tu ne sais donc plus lire !...
Tu !... mais rappelle-toi que la plume et la lyre,
Que jadis inspira le vieil esprit gaulois
Prirent la Faculté pour champ de leurs exploits !
Mais rappelle-toi donc cet horrible mélange
De médecins meurtris et traînés dans la fange.
Que Sganarelle seul, vomissant le latin,
Laissa derrière lui chez Géronte, un matin !
Mais rappelle-toi donc quelle effroyable botte
Je poussai dans le ventre auguste d'Aristote !

Souviens-toi des combats sanglants que j'ai livrés
A ceux qui prennent tout sous leurs bonnets carrés !
Souviens-toi des brocards immortels que la Scène
Sur Hippocrate, ô ciel ! comme sur Avicenne,
Jeta, pendant plusieurs siècles à pleins paniers !
Le théâtre est rempli, des caves aux greniers,
Ne t'en souviens-tu pas ? — des innombrables claies
Où j'ai cloué tous ceux qui vivent de nos plaies ;
Souviens-toi de Molière ! et vois, sachant mon nom,
S'ils avaient à soigner Sganarelle, Toinon,
Ce que les médecins feraient à ce coupable !
Oh ! de quoi chacun d'eux serait-il pas capable !
Toinon ! j'entends déjà rire les bistouris !
Et les potiers d'étain de l'énorme Paris
S'apprêtent à fourbir les...
Il indique la seringue d'un geste.
       Foin de cette engeance !
Non ! vous ne m'aurez pas, scalpels de la vengeance !
Il tombe épuisé dans son fauteuil.

TOINETTE

La la, tout doux, monsieur ! — Menteurs et charlatans
Sont seuls de nos gaîtés à jamais mécontents ;
Mais, comme un vrai dévot, le savant véritable
Comprend toute critique et n'est point irritable.
Vous vous trompez, monsieur :— J'en appelle aux passants
Les ânes bâtés seuls trouvent nos bâts blessants !
Rassurez-vous, monsieur. Vous n'avez rien à craindre
Des médecins...

SGANARELLE, toujours incrédule.
    Par qui tu veux me faire étreindre !

TOINETTE

Oui, monsieur. Vous verrez avant que d'être mort,
Qu'ils sont tous sans rancune, et que vous avez tort...
Elle appelle.
Hola ! des médecins ! de toutes les époques !

SGANARELLE, épouvanté.

Miséricorde ! à l'aide ! — Eh ! quoi, tu les évoques
Tous, depuis le déluge ! — Au meurtre !

TOINETTE

Eh ! monsieur, non ;
Depuis le Roi-Soleil seulement.

SGANARELLE

Ah ! Toinon !

Je meurs...

TOINETTE

Les voici...

SGANARELLE

Ciel !

Entrée des médecins. Musique.

SCÈNE III.

SGANARELLE, TOINETTE,

LES MÉDECINS.

Les médecins apparaissent de tous les côtés à la fois. Sganarelle, après
avoir essayé de fuir, mais en vain, reste comme pétrifié d'horreur dans
son fauteuil.

Une bande d'apothicaires et de matassins conduits par le médecin
de Molière, se déploie au fond de la scène.

SGANARELLE, apercevant les seringues.

Avec arme et bagage !
Oh ! quel affreux parfum de ces gens se dégage...

LE MÉDECIN DE MOLIÈRE, à ses hommes.

Halte ! — Front !

SGANARELLE, avec joie.

Front, dit-il... Je respire en ce cas.

TOINETTE.

Monsieur, ils ont l'air doux...

SGANARELLE.

Doux! comme le trépas!
Mon Dieu! cet homme noir, s'il allait dire : En joue!

LE MÉDECIN DE MOLIÈRE.
Il s'avance et salue profondément Sganarelle.
Monsieur, je suis heureux.

SGANARELLE, *il essaye de sourire.*

Monsieur...
A part.
Je l'amadoue;

Il faut ruser ici.

LE MÉDECIN.

Monsieur, je suis charmé...
Il veut prendre la main de Sganarelle.
Permettez-moi...

SGANARELLE, *retirant sa main.*
Pardon. — Êtes-vous désarmé?

LE MÉDECIN.

Eh! qui ne l'est devant Molière et son génie!
La bile, l'atrabile, enfin l'acrimonie
S'en vont, rien qu'à vous voir, du sang artériel,
Et le foie enflammé ne distille que miel :
Salut donc, vénérable enfant du grand Molière!
Comme l'ivrogne au vin, comme à l'ormeau le lierre,
A l'auteur de *Tartuffe* on s'attache à jamais!
Le bézoard coûteux, qu'à chacun je promets,
Ne guérira jamais un esprit chagrin comme
Le fait le créateur du *Bourgeois Gentilhomme...*

SGANARELLE, *à Toinette.*

Tu l'entends! il avoue! — Il avoue, entends-tu :
Le bézoard, dit-il, n'eut jamais de vertu!

LE MÉDECIN, *montrant les apothicaires.*
Nous nous dessécherions la glande salivaire

A vous dire, monsieur, combien on le révère,
Ce Molière dont l'œuvre aussi puissant que fin,
Ære perennius ! — n'aura jamais de fin.
Il salue et se retire en arrière.

SGANARELLE.

Ces messieurs sont bien bons, Toinette, mais qu'ils sortent !
Timeo medicos et les présents qu'ils portent.

TOINETTE.

Quoi ! ne voyez-vous pas combien vous vous trompiez !
Le médecin Louis XV s'avance.

SGANARELLE.

Ouais ! quel est celui-ci ?

LE MÉDECIN LOUIS XV.
      Je viens mettre à vos pieds
Les sentiments d'amour que le pays de France
Nourrit pour votre aïeul, ô fils du gai Térence
Qui naquit sous un chou — des halles de Paris.
Je fus le médecin des vapeurs d'une Iris,
D'une marquise enfin. Cette beauté cruelle
Riait souvent de voir du fond de sa ruelle
Mon tricorne galant, mon jonc à pomme d'or,
Auprès d'une Marton, la fleur du corridor !...
Il pirouette.

TOINETTE.

Voyez, le beau docteur !

LE MÉDECIN LOUIS XV.
     Mais tous mes quatrains, peste !
Célébraient Célimène. — O magnifique Alceste,
Ton indignation, foi de docteur-trumeau,
Nous manqua fort au temps du neveu de Rameau !
Pandore avait vidé sa boîte sur la terre...

SGANARELLE.

Mais il restait au fond Arouet de Voltaire !

LE MÉDECIN LOUIS XV.

Oui. — Mais comme aurait dit la marquise, aisément :

Voltaire est un époux, Molière est un amant!

Il secoue son jabot, et salue. Le chirurgien militaire s'avance à son tour.

SGANARELLE.

Et toi, double tueur?

LE CHIRURGIEN.

        Au pied des Pyramides,
En butte à la valeur des cavaliers numides…

TOINETTE, *à Sganarelle.*

C'est le style du temps.

LE CHIRURGIEN.

        Ou bien quand, dans Jaffa,
La peste me laissait une heure à mon sopha,
Je prenais mon Molière, et, sous le sycomore,
Grâce à l'esprit gaulois, j'oubliais Turc et More.
Apollon bien souvent chassa Phœbé des cieux
Que je lisais toujours les vers délicieux
Du *Dépit amoureux,* ou ceux de *Don Garcie
De Navarre.* Parfois, avant une autopsie,
Avant de disséquer un guerrier mameluck
On me vit attendri, comme aux accords de Gluck,
En lisant *Mélicerte.* — Oh! les choses charmantes
Qu'autrefois les amants disaient à leurs amantes!

TOINETTE, *ravie.*

Bien roucoulé, lion!

SGANARELLE.

        Prends garde! les serpents
Sont sous l'herbe, et tu peux l'apprendre à tes dépens;
Et peut-être ces fleurs cachent l'apothicaire.

LE CHIRURGIEN.

Sganarelle! j'ai lu dix fois *Don Juan,* au Caire!
Oui, Molière! et j'ai fait répéter ton beau nom
A cet autre géant qu'on appelle Memnon!

TOINETTE.

Eh bien, monsieur?

SGANARELLE, *ébranlé.*

Eh bien, ce citoyen me touche.

Il salue le chirurgien à plusieurs reprises.—L'aide-major s'avance et salue.

Monsieur...

L'AIDE-MAJOR.

Vive Molière ! est ce que dit ma bouche.
A bord de ma corvette, à la prise d'Alger,
Ma cabine enfermait un joyeux passager,
Un ami de jeunesse, un compagnon d'études,
Et qui me suivait sous toutes les latitudes ;
Ce vieil ami, c'était, vous l'avez deviné,
Ce Molière parfait, de gloire environné !
Or, pendant qu'on chargeait les noires caronades,
Assis dans l'entre-pont, oui, sans fanfaronnades,
Molière et moi, devant la mort nous avons ri.
Cher Sganarelle, et vous étiez mon favori !
Voilà, quand de la poudre éclatait la colère,
Ce que diable on faisait, monsieur, dans ma galère !

Sganarelle salue. — L'aide-major fait place au médecin de nos jours.

LE MÉDECIN DE NOS JOURS.

Et moi, vieux professeur, qui fus étudiant,
Moi je viens à mon tour, rêveur et souriant,
Vous dire combien j'aime, et du cœur le plus tendre,
Ce Molière qu'on n'est jamais lassé d'entendre,
L'analyste profond, le maître dont la main
A su le mieux tâter le pouls du genre humain.

Avec attendrissement.

Oh ! les doux soirs d'hiver passés dans cette salle
Où plane, Poquelin, ton ombre colossale !
Alors, — j'avais vingt ans quand ceci se passait,
L'estomac un peu moins vide que le gousset,
(Pas beaucoup) je venais, avec une enfant rose
Et blonde, déguster tes beaux vers ou ta prose,
Poëte, et tu grisais nos cœurs et nos cerveaux.
On se disait : Je t'aime ! au milieu des bravos ;

Nous unissions, ravis, nos mains et nos sourires,
Et l'amour voltigeait à travers tes satires !

SGANARELLE.

Mais ces hommes de l'art ont le cœur à l'envers !
Ils me parlent d'amour ! ils me parlent de vers !
Ils chantent l'Odéon où les rimes sont riches !
Postérité du vieux Purgon, mais tu nous triches !
Je suis volé. Je sens mes yeux s'emplir de pleurs !
Quel spectacle ! Molière est couronné de fleurs,
Et par qui ? par les mains effrayantes de cette
Déesse aux yeux amers, qui brandit la lancette !
O mon père ! l'encens vient de la Faculté !

TOINETTE.

Il n'en est que plus cher, monsieur, en vérité.

LE MÉDECIN DE MOLIÈRE.

Du Molière, voilà la grande panacée !

L'AIDE-MAJOR.

Pour l'âme qui s'attriste ou la verve émoussée,
Molière c'est Jouvence et sa fontaine !...

LE MÉDECIN LOUIS XV.

                              On doit
Y plonger tout son être, et non le bout du doigt :
On en sort rajeuni, retrempé, plus honnête...

TOINETTE.

Entendez-vous, monsieur ?

SGANARELLE.

                    Les entends-tu, Toinette ?

TOINETTE.

Ces savants ont raison.

SGANARELLE.

                    Corbleu ! s'ils ont raison !...
Mais ils m'ont converti ! Je n'étais qu'un oison...
        Il crie.
Un remède ! un remède ! — et puis je vous adore,
O vous que l'on appelle...

LE CHIRURGIEN MILITAIRE, *d'une voix profonde.*
               Oracles d'Épidaure.

SGANARELLE.
Un remède! un remède! Et vive la santé!
Et s'il le faut...
               Il fait le geste de donner un clystère.
               D'avance il est tout accepté.
Rendez-moi, s'il vous plaît, ma franche gaillardise,
Messieurs les médecins! — Que voulez-vous que dise
De plus un Sganarelle incliné devant vous,
Et faisant honorable amende aux yeux de tous?

TOINETTE.
Secourez-le, messieurs. — Il est vieux, laid, stupide...

SGANARELLE.
Carogne!

TOINETTE, *enchantée.*
        A la bonne heure! — Un remède rapide!
Sauvez-le!

LES MÉDECINS ET LES APOTHICAIRES.
        Juro!

SGANARELLE.
        Bon!

TOUS LES MÉDECINS.
               Sganarelle! voici
Notre ordonnance.
               Ils lui tendent chacun un papier.

SGANARELLE.
        Au moins, j'aurai le choix. Merci!

TOINETTE.
Messieurs, pas de latin!... La langue familière...

TOUS LES MÉDECINS.
Allez prendre, ce soir, un bon bain de Molière.

SGANARELLE.
Où donc?

TOUS LES MÉDECINS.

A l'Odéon!

TOINETTE.

On y fête aujourd'hui
Le jour où votre aïeul sur ce bas monde a lui.

SGANARELLE.

Je vais donc rire encor! — Toinette, sois bénie.

CHOEUR GÉNÉRAL.

Allons voir le *Malade* et la *cérémonie*.

Le rideau tombe.

PARIS. — J. CLAYE, IMPRIMEUR, RUE SAINT-BENOIT, 7. — [22]